Peter Hohl - Colin Malchus

Wenn Gott seine Tochter geschickt hätte...

Wenn Gott seine Tochter geschickt hätte...

52 total neue Wochensprüche
von Peter Hohl und Colin Malchus

SecuMedia Verlag, Gau-Algesheim

Bibliografische Information der
Deutschen Nationalbibliothek

Die Deutsche Nationalbibliothek verzeichnet diese Publikation in der Deutschen Nationalbibliografie; detaillierte bibliografische Daten sind im Internet über http://dnb.dnb.de abrufbar.

1. Auflage: März 2024
Gesamtauflage aller Sprüchebücher
bis 2024: 113.000

ISBN 978-3-922746-65-2

Postfach 1206, 55205 Ingelheim,
E-Mail: peter.hohl@t-online.de,
URL: http://www.wochensprueche.de
Vertrieb: SecuMedia Verlags-GmbH,
Postfach 1234, 55205 Ingelheim,
Zustelladresse: Ockenheimer Str, 61,
55435 Gau-Algesheim,
E-Mail: info@secu.media,
Internet: www.secu.media www.secumedia.shop

Design, Illustrationen, Umschlagseiten und Layout:
Colin Malchus

Herstellung:
KDD Kompetenzzentrum Digital-Druck GmbH,
Leopoldstraße 68, 90439 Nürnberg,
www.druckterminal.de

Printed in Germany

Vorwort

Hat Gott eine Tochter? Ich denke, wenn wir akzeptieren, dass ein wahrscheinlich nicht körperliches Wesen einen Sohn haben kann, müssen wir auch für möglich halten, dass es eine Tochter hat. Sie müsste wie der Sohn Wunder bewirken können, ihre Existenz müsste durch Erwähnung in einem Buch bewiesen werden und sie müsste ebenso unkonventionell mit der Welt umgehen wie der 12jährige Jesus im Tempel.

Selbstverständlich halte ich die junge Dame, die Sie auf dem Titelbild zu erkennen glauben, für die Darstellerin eines Geschöpfs von Astrid Lindgren und nicht für Gottes Tochter. Ich stelle in dem zu dem Bild gehörigen Spruch (Woche 10 – übrigens die Woche, in der meistens der Weltfrauentag begangen wird☺) nur eine Frage, für die vorab geklärt werden musste, dass eine Gottestochter nicht weniger wahrscheinlich ist als ein Gottessohn. Für die Antwort auf die Frage sind dann wieder Sie zuständig, auch wenn Sie Rom für unfehlbar halten und darum vielleicht anders antworten werden als Ihre ebenfalls katholische Schwiegertochter.

Der Spruch ist typisch auch für die anderen 51 Sätze in diesem Buch und überhaupt für alle Peter-Hohl-Aphorismen – sie wollen keine geistige Fertignahrung überstülpen, sie sind keine netten Wortspiele, sondern sollen eigene Gedanken und Schlussfolgerungen beim Leser auslösen. Halten Sie auf dem dafür vorgesehenen Platz fest, was Ihnen zu jedem Wochenthema einfällt. Dann haben Sie am Ende ein Buch, das es nur einmal auf der Welt gibt und das in sehr besonderer Weise I h r Buch ist.

Peter Hohl

1. WOCHE

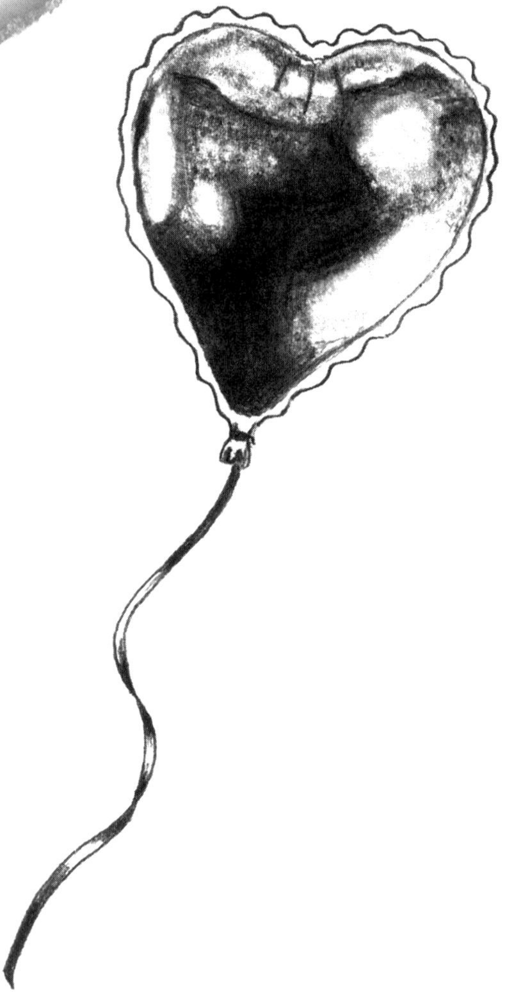

Schöner Ersatz

Verliebtsein –
das entschädigt uns ein wenig dafür,
dass wir nicht fliegen können.

2. WOCHE

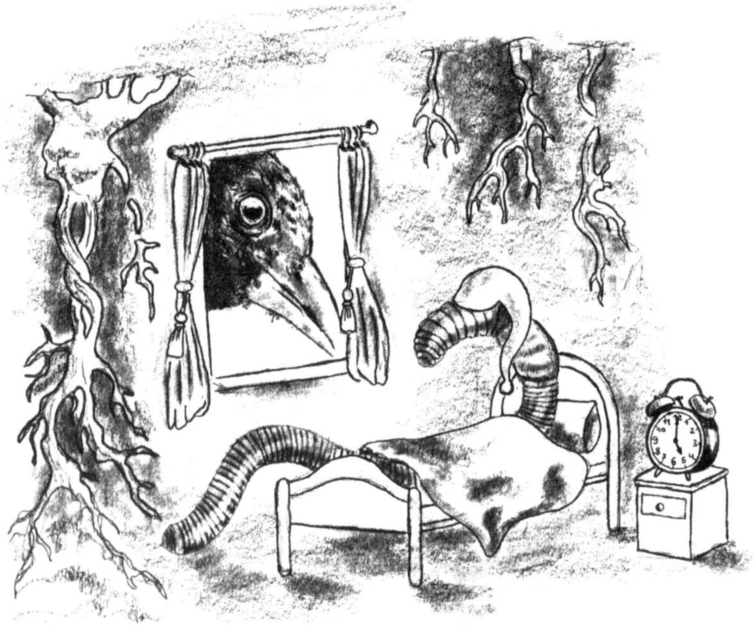

Perspektivwechsel!

Frühen Wurm fängt der Vogel.

3. WOCHE

Wer spart?

Wenn Regierungen Sparprogramme verkünden, reden sie immer über höhere Steuern. Kann ihnen nicht mal jemand sagen:

Sparen heißt weniger ausgeben?

4. WOCHE

Doppelte Option

Wenn man nichts tun kann,
hat der Gläubige eine zusätzliche
Möglichkeit: Er kann hoffen und beten.

5. WOCHE

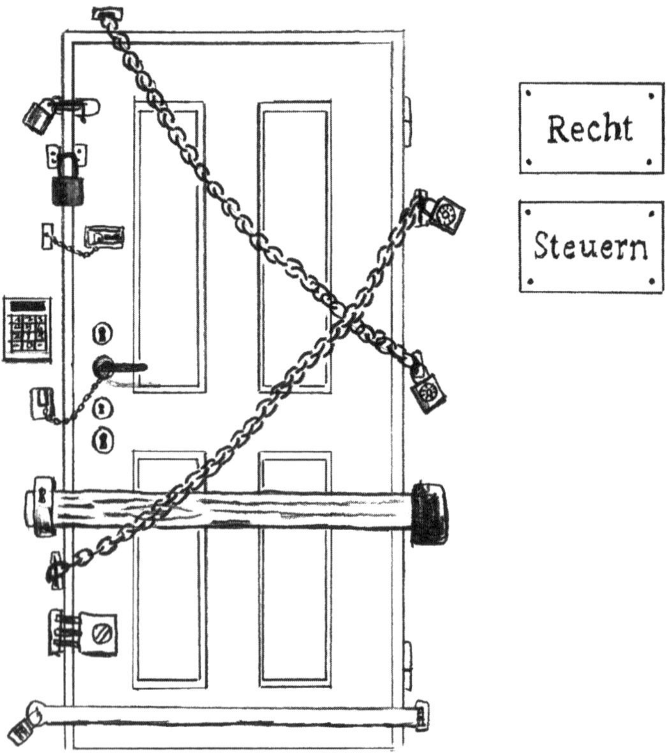

Nichts für jeden

Was logisch und plausibel ist,
verstehe ich ohne fremde Hilfe.
Für Recht und Steuern
brauche ich einen Berater.

Was schließen wir daraus?

6. WOCHE

Warum empören uns Werbeanrufe?

Klassische Reklame bittet um unsere Zeit. Telefonwerbung nimmt sie sich einfach.

7. WOCHE

Verwöhnt

Wer immer liebevoll getragen wird,
lernt nicht laufen.

8. WOCHE

Am falschen Ende

Glaubst du wirklich, du könntest
im Kopf eines Menschen etwas bewegen,
wenn du ihn in den Hintern trittst?

9. WOCHE

Paradox?

Geld macht nicht die glücklich, die es haben. Aber es würde die glücklich machen, die es nicht haben.

10. WOCHE

Weltfrauentag

Wie sähe die katholische Kirche aus, wenn Gott nicht seinen Sohn in die Welt geschickt hätte, sondern seine Tochter?

11. WOCHE

Glück...

Nicht Bequemlichkeit macht glücklich, sondern gemeisterte Unbequemlichkeit.

12. WOCHE

Auf Gegenseitigkeit

Ich erwidere jedes Maß
an Wertschätzung. Auch wenn
es sich um ein geringes handelt.

13. WOCHE

Grenzen der Demokratie

Demokratie ist ein tolles Prinzip.
Solange die Kurzsichtigen
nicht in der Mehrheit sind.

14. WOCHE

Beruhigend

Wer in der Tourismusbranche arbeitet, hat's gut: Schlimme Kunden verschwinden von selbst.

15. WOCHE

Weitsichtig

Wenn du schnell erfreuen willst,
verschenke eine Frucht.
Willst du lang erfreuen,
verschenke einen Baum.

16. WOCHE

Verräterisch

Schimpfworte sagen mehr über den,
der sie gebraucht, als über den,
dem sie gelten.

17. WOCHE

Steter Tropfen

Ich habe wenig durch Ungestüm erreicht –
aber viel durch unbeirrbare Geduld.

18. WOCHE

Noch Hoffnung

Wenn du die Kuh nicht vom Eis kriegst,
kannst du immer noch hoffen,
dass darunter das Wasser seicht ist...

19. WOCHE

Trost auf der Autobahn

Lieber im Stau stehen
als ihn verursacht haben...

20. WOCHE

Unangreifbar

Was du weißt, kann ich vielleicht widerlegen, aber nicht, was du glaubst.

21. WOCHE

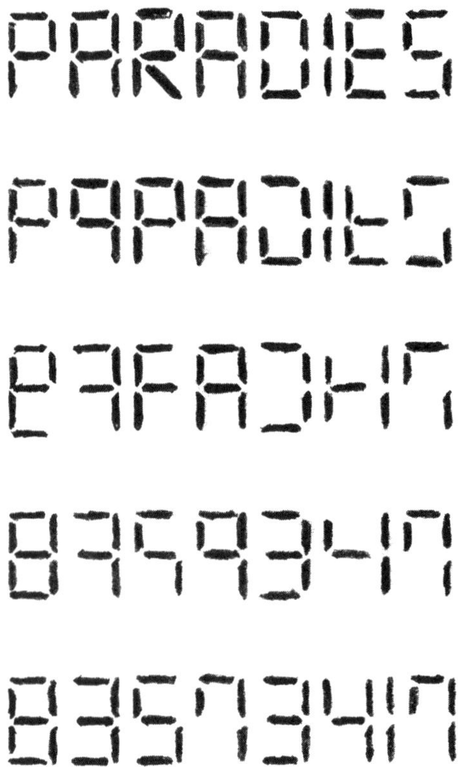

Werteverlust

Am Anfang war das Wort.
Am Ende zählten nur Zahlen.

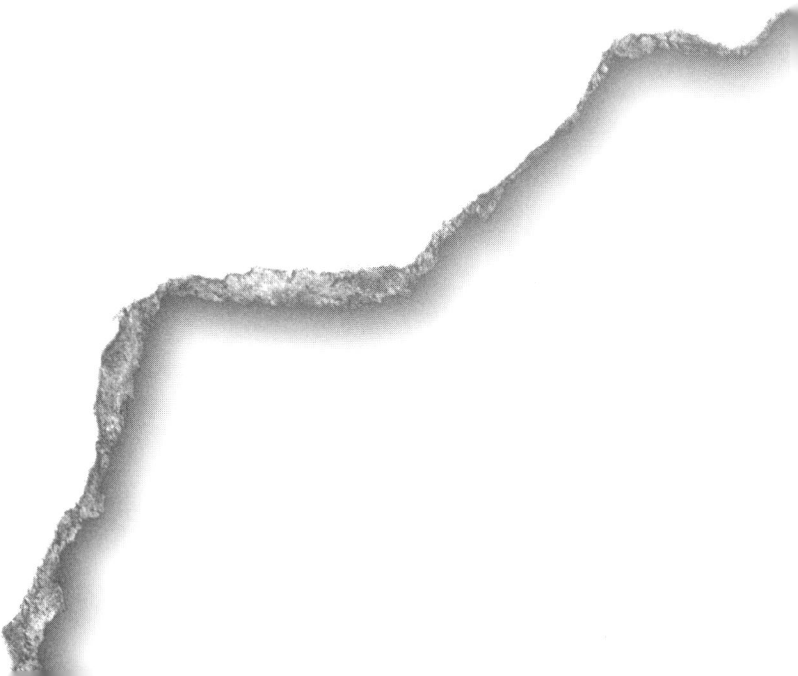

22. WOCHE

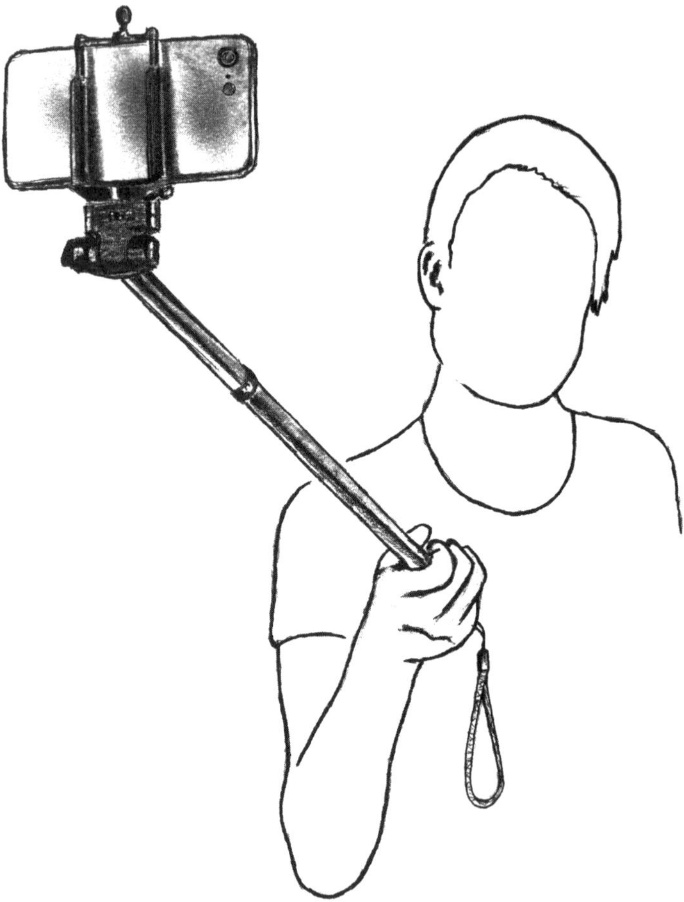

Selbstsicht

Fotos auf denen du zu sehen bist,
werden dich nie langweilen.

23. WOCHE

Diktatur des Proletariats

Politik ist die Kunst des klugen Kompromisses. Volksentscheide kennen nur ja oder nein und sind darum immer falsch.

Für den zweitgrößten Teil des Volks.

24. WOCHE

Unbeteiligt?

Ein wundervoller Ort!
Wenn da nur nicht so
viele Touristen wären!
Sagte der Tourist.

25. WOCHE

Wenigstens das

Mit zunehmendem Alter bin ich immer mehr dafür, die Ahnenverehrung wieder einzuführen.

26. WOCHE

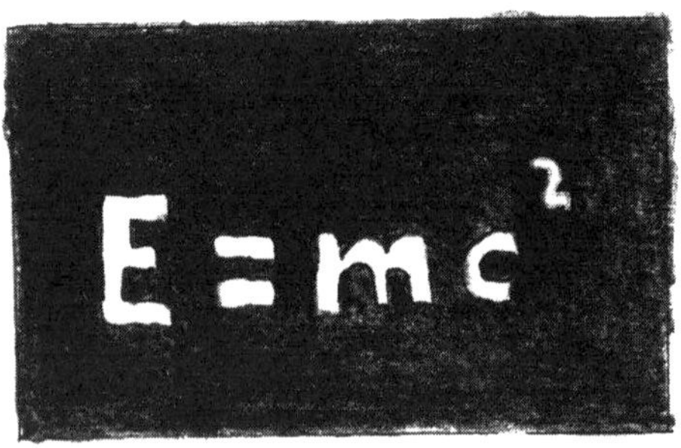

Ansprucvoll

Geniale Lösungen
sind Dummköpfen oft zu einfach.

27. WOCHE

Frage an einen penetranten Schwätzer

Schön, dass Sie sich Zeit nehmen.
Aber muss es meine sein?

28. WOCHE

Sprachliche Logik

Was entsteht, wenn
Vielfalt unterdrückt wird?

Einfalt.

29. WOCHE

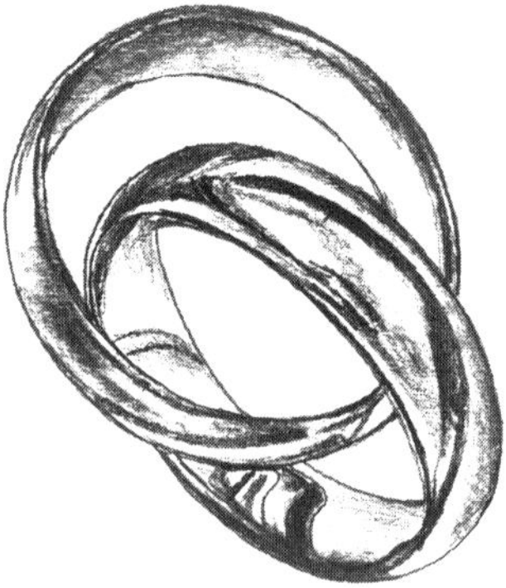

Kein Strohfeuer

Vernunftehen sind oft haltbarer.
Denn Vernunft wird nicht weniger....

30. WOCHE

Perverion

Gott schuf den Glauben.
Der Teufel die Bekehrung
der Ungläubigen.

31. WOCHE

Altersweisheit

Ich erspare mir,
irgendetwas nicht mehr zu können,
indem ich mich rechtzeitig entschließe,
es nicht mehr zu wollen.

32. WOCHE

Unangenehm

Es gibt tatsächlich etwas,
das schwerer zu ertragen ist
als unberechtigte Kritik:

Berechtigte Kritik

33. WOCHE

Kreuzzüge und andere heilige Kriege

Wo sich Aggression
auf den Himmel beruft,
ist meist die Hölle nicht weit.

34. WOCHE

Vorgesetzten-missverständnis!

Hallo Chef: Führung bedeutet nicht, dass der Dirigent dem Geiger sagt, wie er den Bogen halten soll. Führung vereinigt das Können des Violinisten mit dem Spiel anderer Könner zu einem Gesamtklang, den keiner allein erreichen könnte.

35. WOCHE

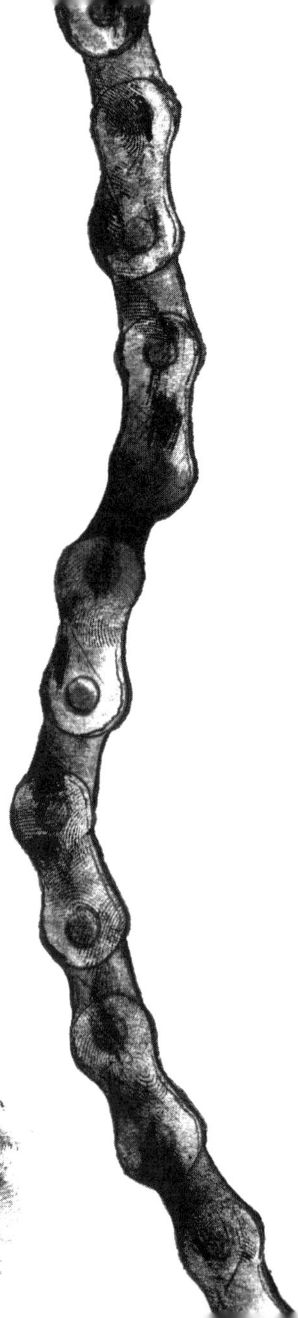

Kluges Unvermögen

Immer wenn ich an einem Damenfahrrad eine schwarz verschmierte Kette repariere, denke ich: Ob Frauen einfach zu klug sind, um das zu können?

36. WOCHE

Entweder oder

Du kannst kein großes Werk vollbringen,
wenn du immer vorher noch die
vielen kleinen Aufgaben erledigen willst.

37. WOCHE

Natürliche Erklärung

Sind es vielleicht die liebenden Augen,
die manchmal Frösche in schöne
Prinzen verwandeln?

38. WOCHE

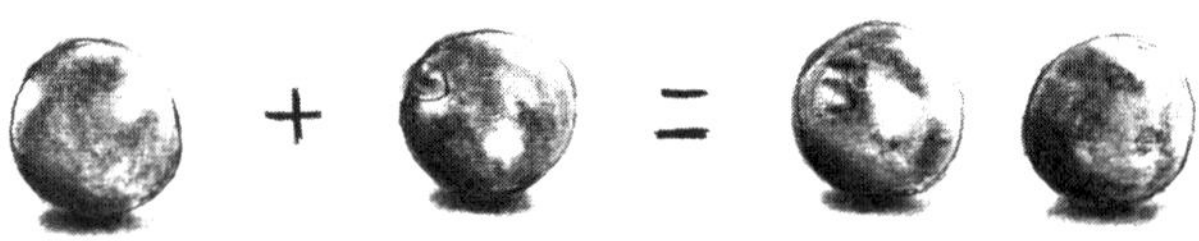

Kein Erfolgsrezept

Beim Erbsenzählen kommt vielleicht
ein richtiges Ergebnis heraus,
aber kein großer Wurf.

39. WOCHE

Geliebt

Eigentlich wird doch in unseren Breiten aus Liebe geheiratet. Warum meint man dann mit "Geliebte" nicht die Geheiratete?

40. WOCHE

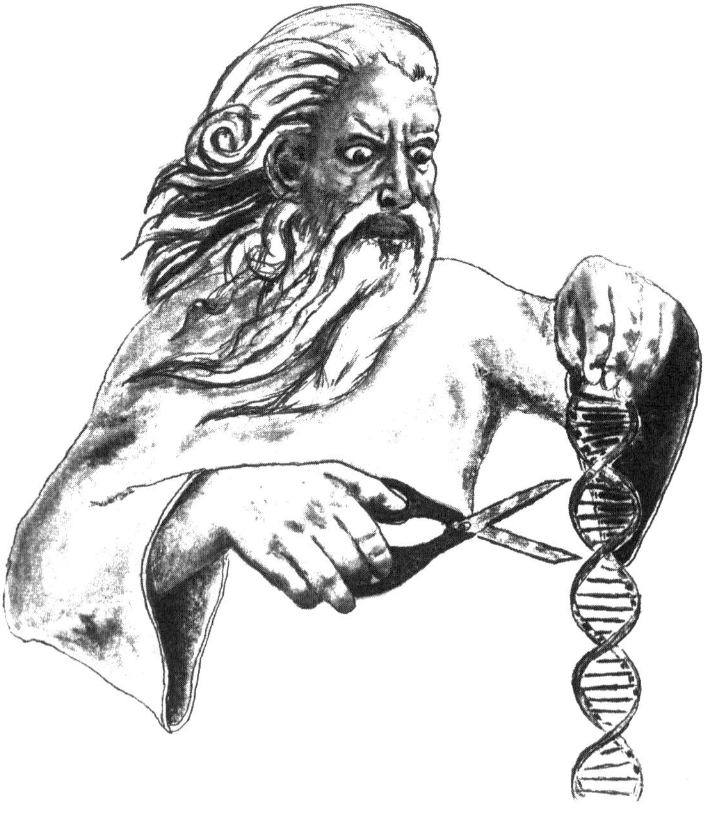

Noch in Arbeit

Seit Darwin können wir Gott
bei der Schöpfung zuschauen.

41. WOCHE

Tieferer Sinn

Sind die ganzen Altersbeschwerden
vielleicht ein gütiger Trick der Natur,
damit der Abschied leichter fällt?

42. WOCHE

Wunschlos glücklich?

Keinen unerfüllten Wunsch
mehr zu haben – das wäre ein Unglück.

43. WOCHE

Fehlendes Motiv

Waffenstillstand funktioniert nur,
wenn es vorher Sieger und Verlierer gibt.
Dann hat der eine es nicht nötig,
ihn zu brechen, und der andere
traut sich nicht.

44. WOCHE

Genau hinsehen!

Wer dir zu Füßen liegt, will vielleicht nur unauffällig an deinem Stuhl sägen?

45. WOCHE

Kriterium

Ich mag Menschen auch
wegen ihrer Liebenswürdigkeit.

Nur Erfolg ist mir zu wenig.

46. WOCHE

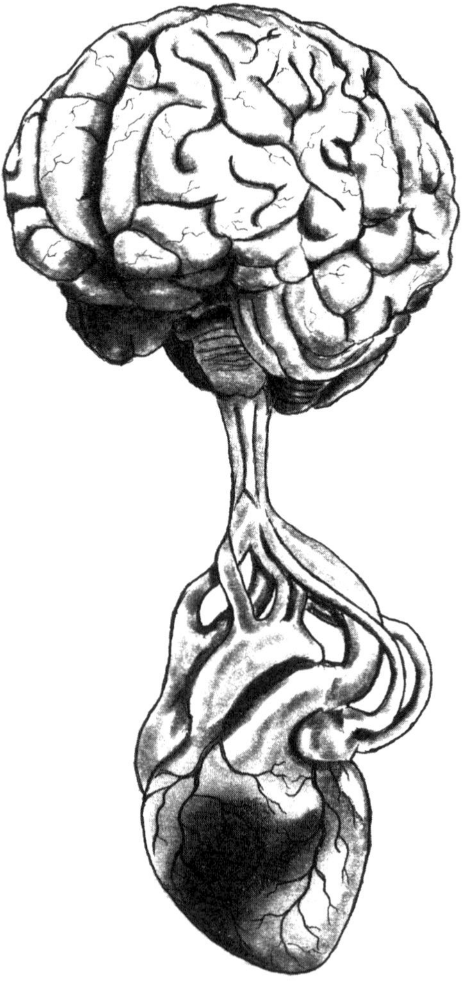

Herz und Hirn

Interessanterweise sprechen wir
von großherzigen Menschen,
aber nicht von großhirnigen –
obwohl doch bekanntlich
alle ein Großhirn haben.

47. WOCHE

Bloss nicht!

Zum Glück hat auch unverschämter Reichtum ein natürliches Ende. Bitte kein teures Mittel gegen den Tod erfinden!

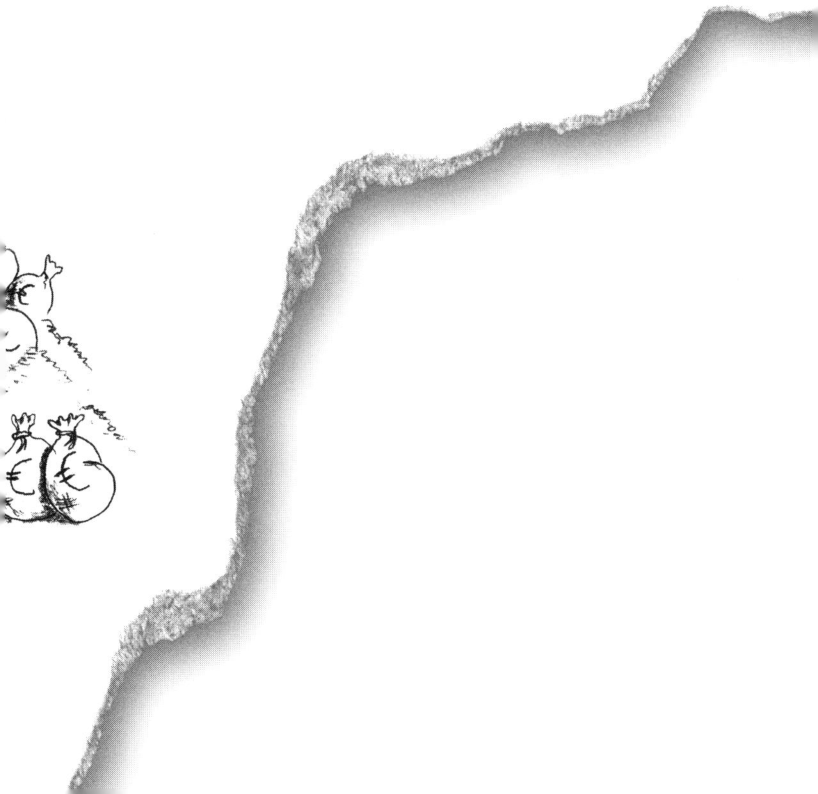

48. WOCHE

Selbsterfüllende Prophezeiung

Der Mensch denkt
“es wird misslingen”.
Und es wird misslingen.
Funktioniert übrigens auch mit
dem Glauben an den Erfolg.

49. WOCHE

Fehlende Übersicht

Eintagsfliegen halten die Jahreszeiten für eine Verschwörungstheorie.

50. WOCHE

Freundschaft

Freunde sind Leute,
die ich nachts um drei anrufen könnte,
was ich aber nicht tue,
weil es nachts um drei ist.

51. WOCHE

Friedensgrund

Auch unter Leuten,
die sich nicht leiden können,
ist Frieden der weniger
anstrengende Zustand.

52. WOCHE

Entscheidung

Rosen pflücken ist immer ein Risiko.
Aber wer Angst vor den Dornen hat,
wird sein Leben lang Tomaten ernten.

Bisher erschienen:

„Lieber ein Optimist,
der sich mal irrt…“,
ISBN 978-3-922746-60-7

„Ein Mittel gegen Einsamkeit…“
ISBN 978-3-922746-61-4

„Seid froh, wenn‘s schwierig ist…“
ISBN 978-3-922746-62-1

„Direkt nach vorn…“
ISBN 978-3-922746-63-8

„Erfolg ist leicht…“
ISBN 978-3-922746-64-5

Jeweils 112 Seiten € 8,60
Überall im Buchhandel

Die „Wochensprüche“

Jeder, der in diesen Büchern liest, hat zu Recht das Gefühl, erfrischend neue Erkenntnisse gewonnen zu haben. Und zwar ganz überwiegend mit einem vergnügten Schmunzeln. Auch in den ersten fünf Bänden, auf insgesamt 520 Seiten, finden sich verblüffende Erkenntnisse und auf den Punkt gebrachte Lebensweisheiten: Große Inhalte auf wenige Worte verdichtet – dazu jeweils eine pfiffige Illustration, die Doppelbödigkeit erkennbar macht und zusätzliche Pointen setzt.

In jedem Band finden sich 52 originelle Aphorismen und Sätze zum Lachen, Denken und Nachklingen lassen – keine Zitaten-Sammlung, sondern lauter neue Weisheiten, formuliert von dem deutschen Publizisten Peter Hohl und illustriert von dem Künstler Colin Malchus. Textproben gibt es jede Woche neu im Internet unter www.wochensprueche.de

Ein paar Stichworte aus den Leserstimmen (ausführlicher unter www.wochensprueche.de/feedback.htm): „Geistig, sprachlich und optisch ein Hochgenuss!“, „von außergewöhnlichem Niveau“, „philosophisch fetzig frech“, „ein Bonbon fürs Gemüt“, „erfrischend“, „genial“, „originelle Geistesblitze“, „intelligente Einsichten“, „Wir genießen es immer wieder unheimlich“, „so viel Intelligentes, Liebenswertes und Lebensnahes“, „feinsinnige Beobachtungsgabe“, „nie oberlehrerhaft“, „Eine Köstlichkeit“, „Lebensweisheit vortrefflich dargereicht“, „Ein Vergnügen für Herz und Hirn!”

Personenbeschreibung

Peter Hohl, geb. 29.7.1941, meint: „In meinem Alter ist mancher schon jahrelang im Vorruhestand". Der beim Erscheinen dieses Buches 82-jährige Journalist ist immer noch berufstätig als Verlagsgeschäftsführer und Texter für Sicherheitsfachliteratur. Und als Aphorismenautor natürlich. Und als besonders aromatische Bananen für den spanischen Festlandsmarkt anbauender Nebenerwerbslandwirt auf der kanarischen Insel La Palma, wo er fast die Hälfte des Jahres verbringt. Leser, die so alt sind, dass sie in den Sechziger und Siebzigerjahren schon fernsehen durften, erinnern sich an ihn vielleicht als Mitgründer und Eduard Zimmermanns „jungen Mann" im Studio der Sendung Aktenzeichen XY ungelöst, wo er in 12 Jahren auch rund 100 Drehbücher für die Einspielfilme schrieb.

Colin Malchus, geb. 11.10.1992, ist im Hauptberuf Mediengestalter und mit der Kreation von Publikationen und Werbematerial eigentlich ausgelastet. Aber nach dem Motto „Der Tag hat 24 Stunden, und wenn das nicht reicht, nehme ich die Nacht dazu" ist er auch noch ein bemerkenswerter Künstler, wie sich an seinen Bildern auf www.colin-malchus.de unschwer erkennen lässt. Wie er es geschafft hat, dann auch noch 52 Aphorismen ausgefeilt und passgenau zu illustrieren, bleibt sein Geheimnis. Nicht geheim ist, dass er Peter Hohls Enkel ist. Hat aber bei seiner Berufung zum Illustrator dieses Buchs keine Rolle gespielt. Nach einer einzigen überzeugenden Probe-Zeichnung hatte er den Job.